AF326489

CATALOGUE

DE

CURIOSITÉS

BRONZES — MEUBLES — PORCELAINES

BIJOUX — ARGENTERIE — OBJETS DE VITRINE

TAPISSERIES

TABLEAUX ANCIENS & MODERNES

DESSINS — GRAVURES

OBJETS DIVERS

DONT LA VENTE AURA LIEU

HOTEL DROUOT, SALLE N° 3,

Le Mardi 2 Juin 1874

A deux heures.

Par le ministère de Mᵉ CHARLES PILLET, Commissaire-Priseur,
10, rue de la Grange-Batelière ;

Assisté de MM. DHIOS et GEORGE, Experts,
33, rue Le Peletier.

Chez lesquels se trouve le présent Catalogue.

EXPOSITION PUBLIQUE : Le Lundi 1ᵉʳ Juin 1874,
De une heure à cinq heures.

Bordereau Dh.

1 surtout groupe dai __ 160
2 potiches chine __ 189
2 Candélabres bronze doré __ 231
1 console ... __ 130

CONDITIONS DE LA VENTE

1 Bureau cylindre acajou __ 192

Elle sera faite au comptant.

Les acquéreurs paieront *cinq pour cent* en sus du prix des adjudications.

L'exposition mettant le public à même de se rendre compte de l'état des objets, il ne sera admis aucune réclamation une fois l'adjudication prononcée.

Paris — Impr. PILLET fils aîné, rue des Grands-Augustins, 5.

DÉSIGNATION

*Objets appartenant à M. C****

1 — Marbre blanc. — Danse d'Amours, bas-relief, école française. xvııı° siècle.

2 — Marbre blanc. — Vénus et l'Amour, bas-relief.

3 — Marbre blanc. — Jean qui pleure et Jean qui rit, bas-relief.

4 — Marbre blanc. — Hercule terrassant l'hydre de Lerne, bas-relief.

5 — Marbre blanc. — La Victoire, buste en bas-relief.

6 — Bronze. — La Victoire, statuette en bronze florentin. xvıe siècle.

7 — Bronze. — La Peinture, statuette en bronze du temps de l'empire.

8 — Bois sculpté. — Paire de flambeaux. Travail lorrain.

9 — Bois sculpté. Deux petits bas-reliefs.

10 — Miniatures. — Sous ce numéro : Portraits des époques Louis XIV et Louis XV, femme coiffée d'un chapeau de paille miniature dans le goût de Hall ; portrait de Sophie Arnoult ; grisailles attribuées à Klingstet ; vue de la place Louis XV, mine de plomb et aquarelle, etc. etc. Petites peintures sur cuivre. Fixés.

11 — Émaux. — Sous ce numéro : Portrait d'homme, signé Courtois, 1764 ; triomphe de Galathée ; Christ en croix, plaque en émail.

12 — Mosaïques. — Sous ce numéro : Plusieurs petits tableaux en mosaïques de Rome et de Florence, mosaïques de nacre, etc., etc.

13 — Christ en croix, peinture à l'huile sur plaque en lapis. Travail italien, cercle en bronze.

14 — Plusieurs peintures sur nacre, sujets religieux.

15 — Ivoires sculptées. — Petits bas-reliefs, plaques, navettes, etc.

16 — Marbres.—Deux colonnes avec chapiteaux en bronze doré, un obélisque, plaques, coupes, boules, socles,

vases, débris en marbres, agates, lapis, malachites, pierres de Florence, etc. Cristaux de roche.

17 — Porcelaines. — Grand plat et assiettes, vases, etc., en chine et Japon ; socles et vases en biscuit.

18 — Poteries.

19 — Laques. — Coffrets et boîtes en laque avec jetons de nacre gravée.

20 — Petite pendule carrée, cage en cuivre, mouvement de Lenoir, à Paris.

21 — Armes. — Épées, sabres orientaux.

22 — Médailles. — Environ quatre cents pièces de monnaie et médailles de cuivre.

23 — Objets divers : coquilles, verrou en fer, objets de montre, curiosités.

24 — Tableaux. — Sous ce numéro : plusieurs tableaux anciens des diverses écoles.

25 — Dessins anciens. — Desfriches, Wallaert, Van-Goyen, Michallon, etc.

26 — Gravures encadrées et en portefeuille : Louis XVI par Bervic, avec la signature du graveur, etc., etc.

*Objets appartenant à M. X****

BIJOUX & OBJETS DE VITRINE

27 — Un bracelet et une broche en corail sculpté à fleurs avec montures en or.

28 — Petite croix style Louis XIII et épingle de coiffure en argent doré garnies de pierres diverses.

29 — Une croix Louis XIII, un petit œuf et un bracelet en argent.

30 — Une corbeille et une petite gondole en filigrane d'argent.

31 — Trois éventails Louis XV et Louis XVI à montures en ivoire et feuilles peintes.

32 — Un éventail et un porte-cartes en ivoire sculpté. Travail chinois.

33 — Une petite boîte en forme de portefeuille en argent niellé et trois porte-cigares en broderie.

34 — Miniature-portrait de femme. Époque Louis XVI et petit fixé paysage.

35 — Deux salières Louis XVI en argent.

36 — Quatre tabatières diverses en écaille, dont trois ornées de miniatures.

37 — Deux petits plateaux filigranés garnis de turquoises.

38 — Environ trente pièces diverses de travail chinois : Boîtes à gants, figurines, cachet, couteaux à papier, jouet en ivoire sculpté, trousse en écaille, manches de couteaux en bronze, petites tasses en porcelaine, etc.

39 — Petit nécessaire de poche en ivoire avec ustensiles en or.

40 — Dix miniatures avec cadre en bronze doré représentant des portraits de femmes des époques Louis XV et Louis XVI.

41 — Trois miniatures : Un portrait de femme du temps de Louis XVI, et deux portraits d'homme.

42 — Douze couteaux à dessert à manches d'argent et d'acier, et douze autres à manches et lames d'argent.

43 — Service à dessert composé de 24 cuillers et fourchettes en vermeil, 24 couteaux à manches et lames de vermeil et 24 autres à manches de vermeil et lames d'acier.

44 — Ménagère en argent avec flacons de cristal.

PORCELAINES

45 — Trois paires de grands vases en porcelaine de Chine moderne.

46 — Environ trente pièces : Figurines et vases en biscuit et porcelaine décorée de Saxe, Chine, etc.

47 — Une coupe ovale en porcelaine genre Sèvres, montée en bronze.

48 — Tête-à-tête en porcelaine de Saxe, fonds gros-bleu composé de six pièces.

49 — Grand plat rond en ancienne porcelaine de Saxe.

50 — Plaque oblongue en porcelaine de Sèvres, représentant des jeux d'enfants.

51 — Quatre compotiers en ancienne porcelaine de Saxe décorés de fleurs.

52 — Cabaret en porcelaine de Saxe, décor de paysages et ornements vert et or composé de dix-huit pièces.

53 — Petite choppe, cafetière, théière et tasse en porcelaine du Japon.

BRONZES

54 — Dix-sept pièces en bronze, groupes et figurines d'animaux par Barye, Mène, Bonheur, etc. La Dévideuse, par Salmson, coupes et vases d'après l'antique, etc.

55 — Cinq pièces en bronze chinois, brûle-parfums et figurines de divinités.

56 — Encrier, bougeoir et sonnette en bronze.

57 — Très-grand surtout de table composé d'un grand plateau de surtout, de quatre candélabres et trois grandes corbeilles en bronze doré avec son service en porcelaine décorée.

58 — Deux candélabres Louis XVI formés de figurines en bronze supportant des bouquets de roses, porte-lumières en bronze doré.

59 — Pendule Louis XVI, en marbre blanc et bronze doré au mat. Le cadran, supporté par deux boucs, est surmonté d'une figure de nymphe.

DIVERS

60 — Jeu de tric-trac à damier en laque du Japon, jeu d'échecs et jetons en ivoire sculpté à figurines chinoises.

61 — Trois pièces en émail de la Chine : Buire et son bassin, et théière avec support.

62 — Boîte carrée en laque du Japon.

63 — Christ en ivoire sculpté appliqué sur un fond de velours dans un cadre en bois doré.

63 *bis*. — Deux petits bustes d'empereurs romains en bronze du XVI° siècle, un casque en ivoire, un panneau en bois sculpté, et deux coffrets en broderie de soie.

MEUBLES

64 — Lit Louis XVI en bois sculpté et doré avec son baldaquin.

65 — Lit Louis XV en bois peint et doré avec chevet sculpté et son baldaquin.

66 — Bibliothèque vitrine en bois de rose, dessus de marbre blanc.

67 — Bureau Louis XVI en acajou à cylindre et à caisse.

68 — Toilette Louis XVI en acajou à trois abattants.

69 — Jardinière Louis XVI en acajou.

70 — Trois glaces Louis XV et Louis XVI.

71 — Deux candélabres à quatre lumières, deux appliques à trois lumières en cristal de Bohème, style Louis XVI.

72 — Deux consoles en bois sculpté et peint en blanc.

73 — Meuble vitrine en bois peint en noir.

74 — Meuble d'encoignure à deux corps en bois de palissandre.

75 — Petit bahut étroit en hauteur à deux corps en marqueterie de bois et à colonnettes torses en bois sculpté du temps de Louis XIII ; il est garni d'une fontaine en étain.

76 — Une grande armoire normande à deux portes en bois de chêne sculpté à moulures et à fronton.

77 — Meuble à deux corps et à quatre portes en bois de chêne sculpté à moulures et ornements.

77 bis — Grand meuble à deux corps et à tiroirs, en bois sculpté dans le style du xvi° siècle.

78 — Grand bureau Louis XVI à cylindre en bois d'acajou garni de bronze, dessus de marbre blanc à galerie de cuivre.

79 — Commode Louis XV en bois de rose à filets, à dessus de marbre.

80 — Sous ce numéro : un lustre flamand, une lampe juive, deux fauteuils anciens, une chaise à pieds tors, un coffret Louis XIII formant boîte à couleurs, une couverture de Constantine, et un carton d'études et croquis.

TAPISSERIES & ÉTOFFES

81 — Grande tapisserie à paysage, figures d'animaux, oiseaux, décors d'architecture et bordure d'ornements.

82 — Environ sept mètres cinquante centimètres en deux coupes de dentelle blanche.

TABLEAUX & GRAVURES

83 — R. ALT. — Temple de Vesta à Rome.

84 — JACOPO BASSANO. — La Lapidation de saint Etienne.

85 — E. BLAAS. — Portrait de jeune femme.

86 — F. BOSE, 1858. — La Petite marchande de balais.

87 — BARLAFFA, P. L., 1872. — Raphaël dans son atelier.

88 — Velasquez (d'après). — Portrait équestre d'un infant d'Espagne.

89 — Ritter (d'après Le Titien). — Portrait de femme.

90 — Aug. Serrure, 1854. — La Mystification.

91 — Schiavone (Natale). — Portrait de jeune femme.

92 — Schinnagel. — Deux paysages boisés animés de figures. Deux belles compositions.

93 — Petit album d'environ vingt dessins à l'aquarelle; vues d'Italie, par Nicolle.

94 — Deux miniatures portraits d'hommes, du temps de Louis XVI, et deux fixés représentant des paysages.

95 — Tableaux, dessins anciens de diverses écoles et gravures encadrées.

96 Cartons de dessins et gravures, albums, etc.

1 — 1016   M. Suzanne Ross —

2 — 1037   M. Maclaes ⎫
3 — 1010   M. Clery   ⎬ Chalet
                        ⎭

4 — 1237   M. Braubant —

5 — 1212   Mad Levasseur

6 — 1204   M. & Mde de Ligueris

7 — 1255   M. L. J.te Bonabes de Rougé

8 — 1260   M. Santin —

9 — 1263   M. Berton
10 — 1274   M. Brichet —
11 — 1275   M. Carvalho

12 — 1302   M. Chiaffait —

13 — 1304   Mad Claude Lafontaine

14 — 1312   Mad la C.sse Boisdenemets et
             Mad. L. J.se Raucher

15 — 1315   M. Descamps

16 — 1370   M. Nicolle

17 — 1280   M. Cléry   2 rideaux

18 — 1276   M. Colpoël

19 — 1330   M. d'Hautérive   un tapisserie

20 — 1332   M. Grillot

21 — 1334   Mad L. C.sse d'Arschott

22 — 1333   M. Cantarual M. St. Caraman   1 meuble sculpté

23 — 1326   M. Sorrenstein

24 — 1324   M. Dalseme

25 — 1325   M. Rater   2 tapisserie

26 — 1335   Mad Chabrillan   1 coffre et bois noir

27 — 1224 Mr Bonnblad Zagnonelles
28 —   Mr Bottolier tapisseries, Pendule etc
29 —   Mr Clairet
30 — 1336. Mad David de la Brune un bague
31 — 1331 Mr Crampon objets et tapis de Perse
32 —   Mr Boardelon, 1 meuble de Salon L. XVI
33 — 1285 Mr Faurel gd tableau S. retraite aux flambeaux

42 — Mr Bertaz — un groupe houge —   988.

43. — Mme Bordès — 13 rue Tronchet, 2 miniatures

RED. :

20

graphicom

MIRE ISO N° 1
NF Z 43-007
AFNOR
Cedex 7 - 92080 PARIS-LA-DEFENSE

BIBLIOTHEQUE NATIONALE DE FRANCE

****

CHATEAU DE SABLE

1995

www.ingramcontent.com/pod-product-compliance
Lightning Source LLC
LaVergne TN
LVHW021456060726
842527LV00006B/2267